THE KILLER INSIDE

My Dearest Self with
Malice Aforethought

Volume
3

Story: Hajime Inoryu
Manga: Shota Ito

My Dearest Self with
Malice Aforethought

The Killer Inside

Inhalt

17. Kapitel
SO, UND HIER KOMMT EINE QUIZFRAGE FÜR DICH!
WEM STATTE ICH ALS NÄCHSTES EINEN BESUCH AB…
… DEINER FAMILIE ODER DEINER FREUNDIN?
…
NA, WAS MEINST DU?
VIEL GLÜCK BEIM NACHDENKEN!
…

DRRRR
Schaaatz!
DRRRR
Gehst du mal ans Telefon?
Jaja, mach ich.
DRRRR
DRRRR
Hallo?
Hier Urashi-ma...
VATER! GEHT ES EUCH GUT?!
IHR MÜSST SOFORT DIE POLIZEI RUFEN!!

E...EIJI?
Sind Mutter und Oto auch im Haus?
Ich habe jetzt keine Zeit, dir alles zu erklären, aber...
Ein extrem gefährlicher Mann ist womöglich gerade auf dem Weg zu euch!
Ruft sofort die Polizei an! Sie müssen zu euch nach Hause kommen!!
Eiji... Was ist denn passiert?
Die Polizei war heute früh schon da. Hängt das vielleicht damit zusammen?
Die Polizei war sogar bei meinen Eltern?!
...

Vater...
Das erkläre ich dir auch später, aber jetzt habe ich wirklich keine Zeit...
BITTE, VATER, RUF JETZT GLEICH DIE POLIZEI AN!
...
NA SCHÖN...
ABER IST MIT DIR ALLES OKAY, EIJI?
Ja.
Sorry, dass ich euch solche Sorgen mache...
UNSINN. ZERBRICH DIR DARÜBER NICHT DEN KOPF.
ICH WERDE MUTTER UND OTO ALLES ERKLÄREN.
Danke, Vater.
Ich rufe euch bald wieder an.
Eiji! Hier entlang!

Ich habe gerade die 110 angerufen.
TIPP TIPP
Sie sagten, sie würden sofort einen Streifenwagen zu deiner Uni schicken.
Aber... solange wir nicht wissen, wo deine Freundin ist, nützt das nicht viel...
XXX530
わ・201
Hast du sie immer noch nicht erreicht?!
Bitte...
TUUUUT
Geh ran...
Geh schon ran, Kyoka...
TUUUUUT
TUUUUT
...

TUUUUUT
Ver...
... dammt!!
Wahrschein-lich ist es das Beste, wir fahren auch zur Uni.
Von hier aus ist man mit der Bahn schnel-ler...
Könnten Sie mich zum Bahnhof bringen?
Sicher.
Und würden Sie mir Ihr Handy leihen?
Ich habe da eine Idee...
VOOM

GATANG
GATANG
HALLO, KYOKA. SORRY, DASS ICH DICH SO ÜBERFALLE, ABER DAS HIER IST EIN NOTFALL. BITTE RUF MICH SOFORT AN, WENN DU DIE NACHRICHT SIEHST!!
KYOKA
LOS ANRUFEN
TUUUT
TUUUUT
Kyoka...
HAH
HAH

Bit... te...
... geh...
... ran...
SLUMP
...?!
Shi... Shit... ausgerech-net jetzt übermannt mich...
... der Schlaf...
Ich bin...
... am... Li... mit...

GATANG
GATANG
Ähm... Ist alles in Ordnung mit Ihnen?
...
ZUCK
Uuh...
Uuh...

Uuuh ...
RIZZZ
RIZZZ
Uuuh ...

KYAAAAAAAAAAH
Schmerz ...!
Schmerz ist das Einzige, was mich jetzt noch in die Realität zurückholen kann!!

Okay, das war's für heute.
KRONK
KRONK

STE
EIJI
VERPASSTER ANRUF
SHIZU, KAHO,
SAORI HAT DIR EINEN ST
...
EIJI
KOSTENLOS

Oooh.
ZUCK
Bingo,
Bingo...

Ich wusste, du würdest zu deiner Freundin kommen...
... Eiji.
Hah...
Hah...
TUUUUT
TUUUUT

E...
Übrigens...
?!
Was meine Quizfrage angeht...
SAI! ICH BIN JETZT VOR EIJI URASHIMAS ELTERNHAUS.
MOMENTAN IST DIE POLIZEI NOCH DA, ABER DIE KÖNNEN DAS HAUS JA NICHT EWIG ÜBERWACHEN.
ICH BLEIBE ERST MAL STAND-BY.
... so war »Wir statten allen einen Besuch ab«...
... die richtige Antwort.
Das wusstest du, sonst hättest du die Polizei nicht zu beiden Orten geschickt.
Gut gemacht. Sehr gut.

...
Ei... ji?
Sorry, Kyoka...
... dass du jetzt doch mit hineingezogen wurdest.
Keine Angst ... Kyoka.
Ich regle das irgendwie, also... mach dir keine Sorgen!
Oh Mann, bist duuu cool, Eiji!
Aber vielleicht solltest du nicht zu große Hoffnungen in ihr wecken.
Schließlich...
... wird sie gleich durch die Hölle gehen.

...
Also! Du hast die Polizei gerufen, richtig? Wär doch blöd, wenn die hier aufkreuzt.
?!
Und mein Wagen steht gleich da drüben.
Also, wie wär's mit einer kleinen Spritztour zu dritt?
Er hat mich durchschaut.
Aber mit dem Ortswechsel habe ich gerechnet.
Also tue ich erst mal so, als würde ich auf seine Forderung eingehen.
Okay...
WWTT

Ich habe einen GPS-Tracker auf meinem Handy.
Der Plan ist, die Polizei über Shirabishi wissen zu lassen, wohin Sai uns bringt.
W
Aber bis die Polizei von dem Ort erfährt und dort eintrifft...
... vergehen wahrschein-lich Stunden.
Diese Zeit muss ich irgendwie überbrücken!!

18. Kapitel
ZIIIP
...

FUMP
VUIIIN
Hey!
Sie so zu behandeln ist doch nicht nötig, oder?
Ach! Willst du mir jetzt erzählen, wie ich eine Frau zu behandeln habe?
Komm schon, nur kein Neid.
Du kriegst auch so ein hübsches Armband wie sie.
FLING
FLING
...

ZAMM
Kyoka ...
Tut mir leid... Halte noch ein bisschen durch...
Ich verspreche dir, ich tue alles, um dich zu beschützen... bis die Polizei uns über den GPS-Tracker findet!!
Hm?
Dein Arm ist ja verletzt, Eiji.
Was hast du denn da gemacht?

Das sieht schmerzhaft aus.
BOHR
Uuups, herrje.
Mein Finger ist ausgerutscht.
Sorry, sorry. Hahahaha...
FJUUU
FJUUU
Hnguoooooo.
Ach ja.
Du hast ja noch diesen Komplizen, der dir beim Überfall geholfen hat, richtig?

In dem
Fall muss
ich dir leider
das Handy
abnehmen.
?!

Bingo!
Ich dachte mir schon, dass du so was abziehst.
KRACKS
Aber eine Tracking-App, echt jetzt? Ein bisschen sehr simpel, oder?
Puh, damit sind wir die Sorge, dass dein Kumpel oder die Polizei uns in die Quere kommt, los.
Und das Handy deiner Freundin konfisziere ich noch, nur um sicherzugehen.

Mist!
Ganz ruhig.
I... Ich habe immer noch »das«...
Mein »Ass im Ärmel«...
FHH
FHH
MERK-WÜRDIG.
Merk-würdig? Was meinst du?
WENN SAI DICH NUR FÜR DEINEN VERRAT BESTRAFEN WOLLTE...
... HÄTTE ER SICH DEINE FREUNDIN ODER ELTERN DOCH OHNE ANKÜN-DIGUNG VORNEHMEN KÖNNEN.
Wieso hat er dir extra diese Videobotschaft geschickt?
...

ICH SAG DIR EINFACH MAL, WAS ICH DENKE.
ICH GLAUBE, SAI HAT ES EINZIG UND ALLEIN AUF DICH ABGESEHEN.
UND DIESE VIDEOBOTSCHAFT IST NUR EINE FALLE, UM DICH HERAUSZULOCKEN.
...
Selbst wenn, einfach nicht hinzugehen ist keine Option für mich.
Das weiß ich.
Aber es ist wichtig zu wissen, worauf der Gegner aus ist.
ビッグカメラ
BIG CAMERA
WAS WILL SAI?
WARUM VERSUCHT ER DICH HERAUSZULOCKEN?
WENN DU DAS MOTIV FÜR SEIN HANDELN KENNST, KANNST DU DIR EINE GEGENSTRATEGIE ÜBERLEGEN.
Das Motiv für sein Handeln...

Sai!
Lass uns einen Deal machen.
Hää?
...
In meiner rechten Innentasche.

32GB
Darauf bist du doch aus.
Du willst die Speicherkarte, richtig?
Ich habe mir sämtliche Fotos angesehen.

Von Parlamentariern über hochrangige Bürokraten...
... bis hin zu Wirtschaftsmagnaten...
... ist alles dabei, was Rang und Namen hat.
Wenn diese Fotos an die Öffentlichkeit gelangen...
... gibt das einen Riesenskandal mit Auswirkungen auf Politik und Wirtschaft.
Und dann kommt auch SKALL nicht ungeschoren davon!!
So ist es doch, oder?

Was weiß ich?!
Mach damit, was du willst.
?!

...
Ganz ruhig, der blufft nur...
Er gibt mir die Speicherkarte zurück, damit ich denke, es gäbe keine Grundlage für einen Deal.
Ein geris-sener Trick, damit das Ganze gar nicht erst zustande kommt.
Wenn ich jetzt einknicke, spiele ich ihm nur in die Karten.
Es muss einen Grund geben, warum er mir extra eine Falle gestellt und mich rausgelockt hat!
Denkst du etwa, ich könnte die Fotos nicht leaken, weil du mich gefangen hältst?
Und der einzige, der mir einfällt, ist, dass er die Speicherkarte unbedingt zurückhaben will!!
Dann denk noch mal nach! Ich habe meinen Kom-plizen nämlich angewiesen, die Fotos zu veröffentli-chen...
... wenn er keine Bestätigung bekommt, dass Kyoka, meine Fami-lie und ich unversehrt sind.

Also, mach du doch, was du willst! Nur zu, wende Gewalt an!
Aber dann...
... werden du und SKALL gemeinsam mit uns untergehen!!

VRUM
SCREECH
VRM
VRM
VRM
...
Chu-ckukuku-ku...

Kichihi-hihi...
Pfhfhf-hfhfh...
Ha ha ha ha ha ha ...

Waaaahaha hahahaha!
Hyahyahyahyahya!
SHOCK

Weißt du, Eiji...
Solange ich...
... dich töten kann...
... ist mir alles andere scheißegal.

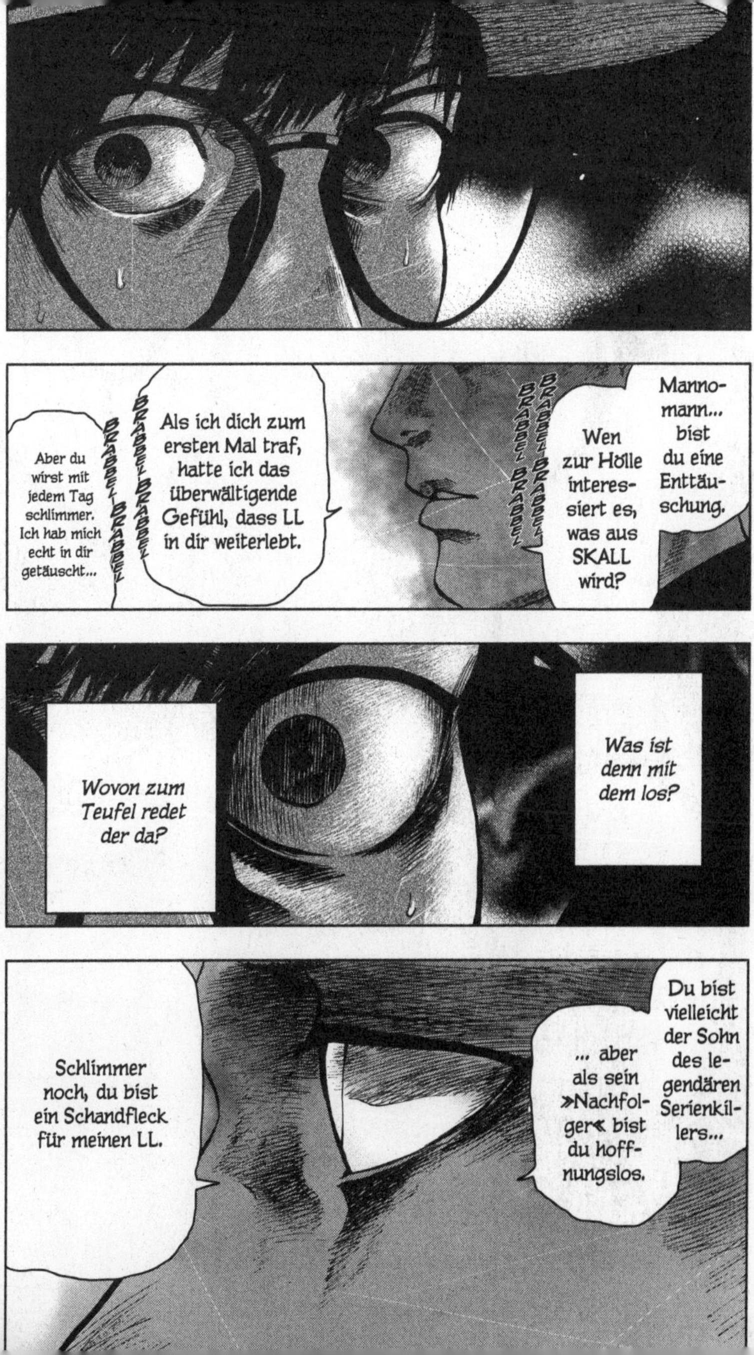

Mannomann... bist du eine Enttäuschung.
BRABBEL BRABBEL
BRABBEL BRABBEL
Wen zur Hölle interessiert es, was aus SKALL wird?
Als ich dich zum ersten Mal traf, hatte ich das überwältigende Gefühl, dass LL in dir weiterlebt.
BRABBEL BRABBEL
BRABBEL BRABBEL
Aber du wirst mit jedem Tag schlimmer. Ich hab mich echt in dir getäuscht...
Was ist denn mit dem los?
Wovon zum Teufel redet der da?
Du bist vielleicht der Sohn des legendären Serienkillers...
... aber als sein »Nachfolger« bist du hoffnungslos.
Schlimmer noch, du bist ein Schandfleck für meinen LL.

Deshalb werde ich dich jetzt auf die denkbar grausamste Art töten.
Das ist alles, worum es mir geht.

Das GPS-Signal von Eijis Handy ist weg.

Dann ist
er wohl
tot...

19. Kapitel
VRM
VRM
VRRRM
...
Okay, wir sind da.

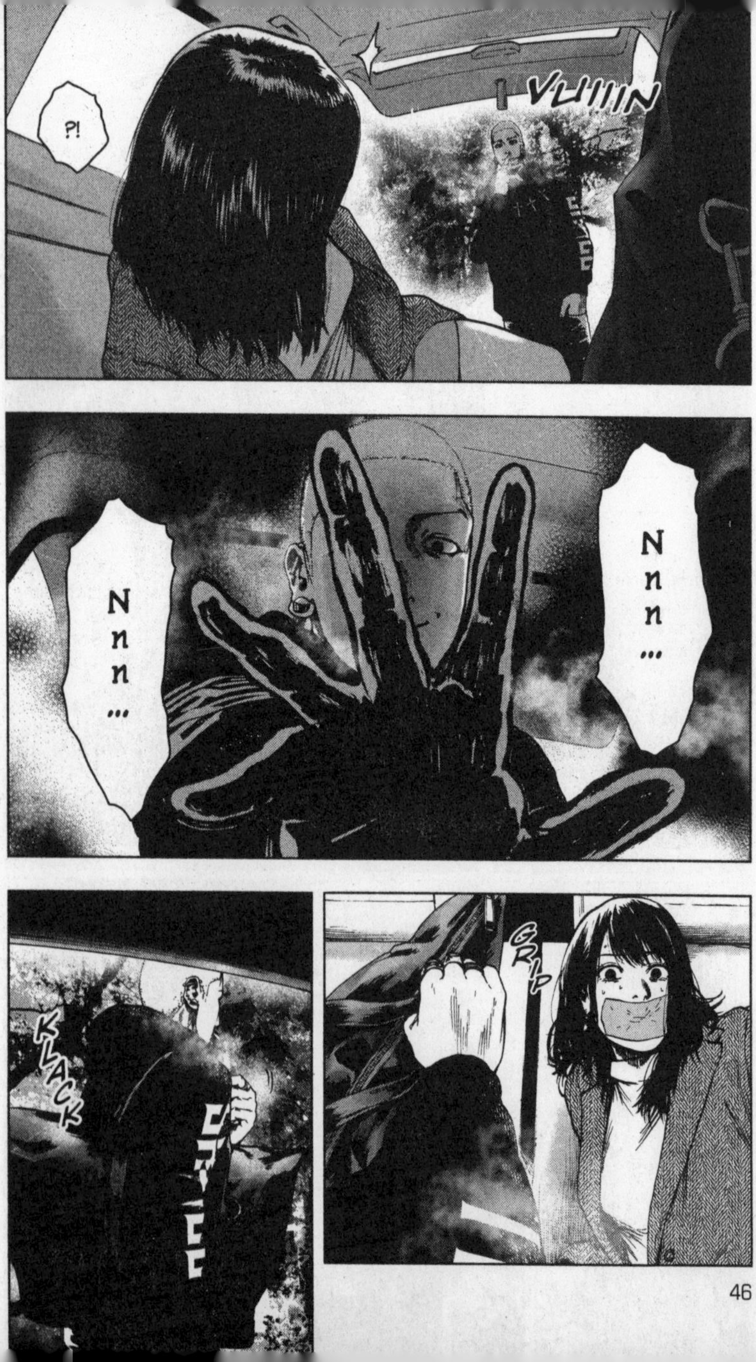

?!
VUIIIN
Nnn...
Nnn...
KLACK
GRIP

Wir machen eine kleine Wanderung.
Und sie?
Was hast du mit ihr vor?
Nun mach dir nicht immer solche Sorgen.
Deine Kleine werde ich nachher ausgiebig verwöhnen.
TOCK
Los!
Du gehst voran.
Und beeil dich, die Sonne geht gleich unter.
SCHUBS
PLATSCH
PLATSCH

TAPP
TAPP
TAPP
TAPP
TAPP
TAPP
LINS
Na, na!
Komm bloß nicht auf dumme Gedanken.
Sonst macht's »Brrzz«!

BRZZ
BRRZZZ
...?!
Fuck!
Ich hab den Kerl völlig falsch eingeschätzt.
Yashiro Sais Motiv...
... hat mit dem Wohl von SKALL...
... oder der Bestrafung eines Verräters an der Organisation...
... nicht das Geringste zu tun.
KNACK
Das Einzige, was ihn antreibt...

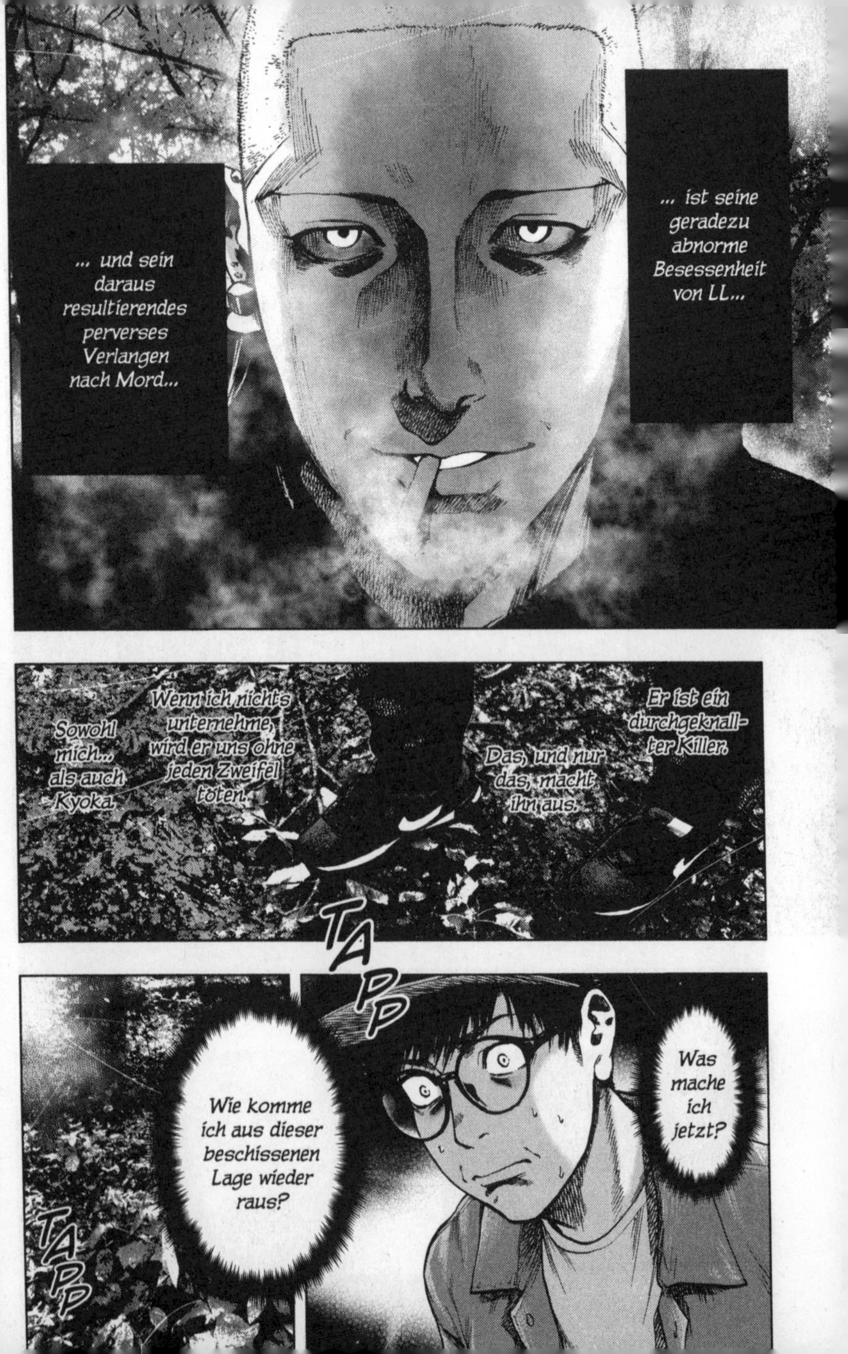
... ist seine geradezu abnorme Besessenheit von LL...
... und sein daraus resultierendes perverses Verlangen nach Mord...
Er ist ein durchgeknaller-ter Killer.
Das, und nur das, macht ihn aus.
Wenn ich nichts unternehme, wird er uns ohne jeden Zweifel töten.
Sowohl mich... als auch Kyoka.
TAPP
Was mache ich jetzt?
Wie komme ich aus dieser beschissenen Lage wieder raus?
TAPP

Okay.
Da sind wir.
...?!

Hepp!
ZAMP
!
KAWONK
KREEK
...
KNRSH
?!

WIMMEL
WIMMEL
WIMMEL
WIMMEL
Uaaaaaaaaaaa!
Hoppla.
Da ist ja noch ein Überbleibsel von deinem Vorgänger.
Fhfh...
Hah ...
Was ist das denn...?!
Was... zur Hölle hat der mit mir vor?
Hah ...

!
GLUBB
Das hier nennt man Scaphismus.
BUTCHU
Es ist eine der grausamsten und abscheulichsten Folter- und Hinrichtungsmethoden in der Geschichte der Menschheit.
Sie funktioniert folgendermaßen.
GNUTCH
Nachdem man den nackten Körper des Opfers großzügig mit Honig beträufelt hat...
... flößt man ihm...
... zusätzlich noch Unmengen an Honigmilch ein.
FLUPP

GLUCK GLUCK GLUCK GLUCK
Binnen Kurzem kriegt das Opfer heftigen Durchfall und seine Exkremente beginnen das Boot zu füllen.
GLUCK GLUCK GLUCK GLUCK
Der süßliche Geruch und die Fäkalien ziehen Insekten und Parasiten an, die sich in Scharen auf den Körper stürzen.
GLUCK
Die Insekten legen dort ihre Eier...
... aus denen Larven schlüpfen, die sich ins Fleisch bohren und es verschlingen.

Wenn die Würmer schließlich im Körper herumkriechen, wird der Blutfluss blockiert...
NGH
NGH
... was im ganzen Körper zu Nekrosen führt und den Verwesungsprozess einleitet.

Wenn du Glück hast, stirbst du an einem septischen Schock oder an Dehydration.
Aber wenn du Pech hast, wirst du diese Qualen über zwei Wochen lang voll auskosten...

... während du langsam abkratzt.
Aber keine Angst, du wirst nicht einsam sterben.
Denn ich bleibe bis zu deinem letzten Atemzug...

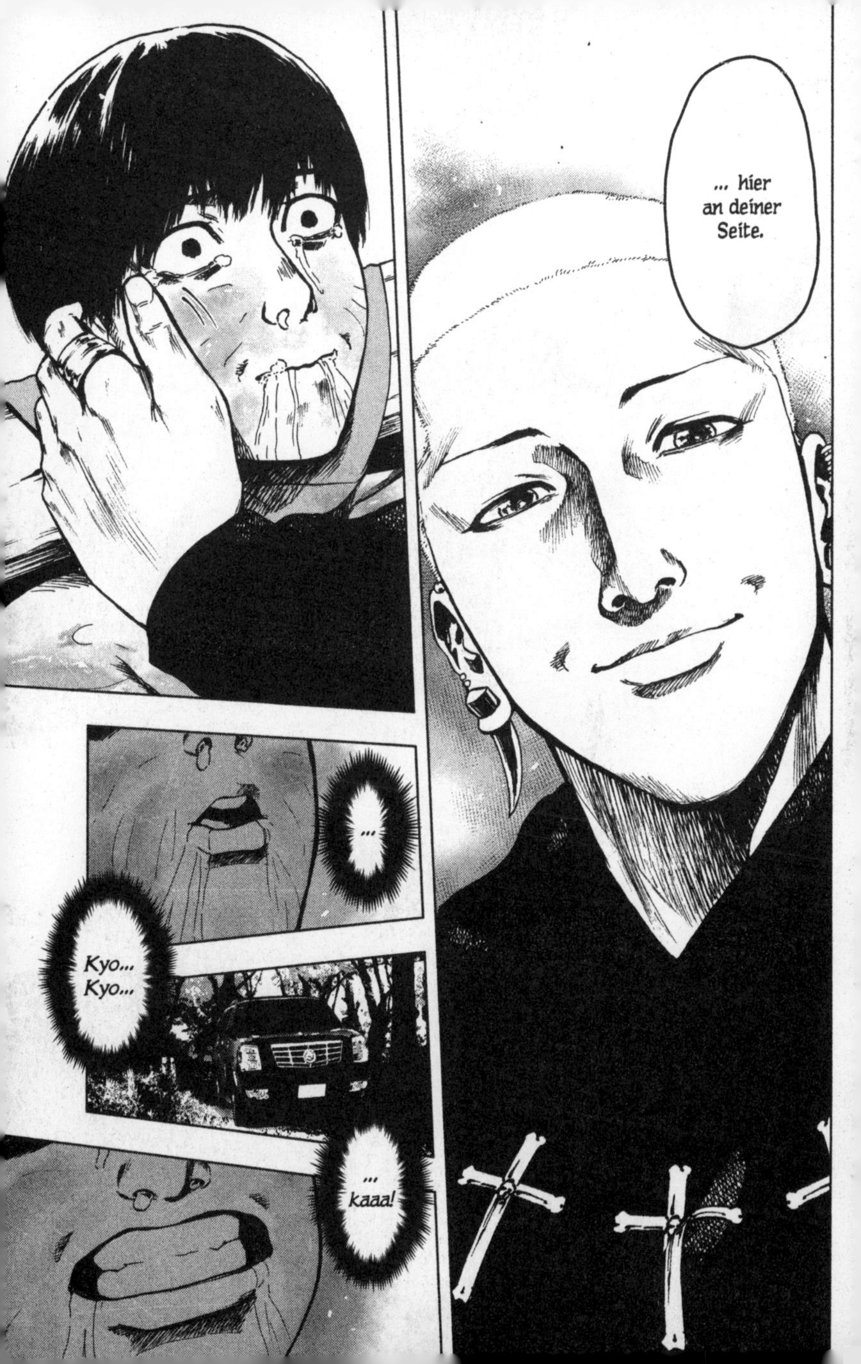
... hier an deiner Seite.
...
Kyo... Kyo...
... kaaa!

Uwaaaaaaaa...
RÜTTEL
Aaaaaaa...
RÜTTEL
Aaaaaaa...
Fhfh-fh...
RÜTTEL
Ngaaaaa...
RÜTTEL
RÜTTEL

Ha!
Ha!
Ha!
Ha!
Ha!
RÜTTEL
RÜTTEL
Aah...
Ah...

Uh...
SPOTZ
Hä?
Was machst du da...
... mit meinem Eiji?!

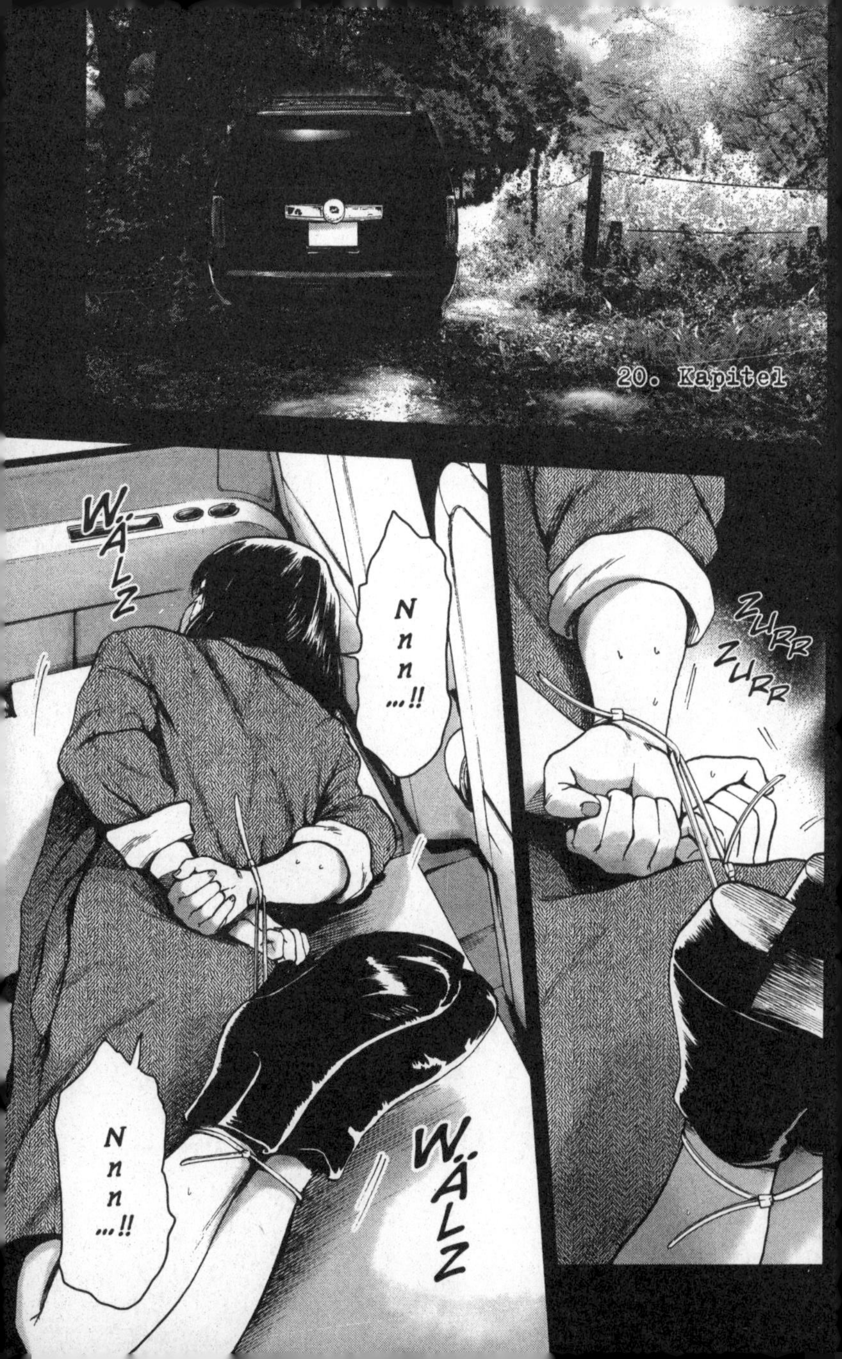
20. Kapitel
ZURR
ZURR
WÄLZ
Nnn...!!
Nnn...!!
WÄLZ

Nfh...
Fhh...
...
?!
Fh...

Nnn...
ROBB
ROBB
ROBB
Nnn...
Fh! Fh!
Nng...
Nn...
SKALL

GRIP
SST
Fh...
Fh...
Fhh!!

CHIK
BRZZ
Nnnnnn?!
FLUPP
Hnhn-hn...
ROLL ROLL
Nnn...
Nfh! Nfh! Nfh!

...
GRAPP
Fhhh...
Fhhh...
CHIK
BHO

Gngn-
gngh...
BRUZZEL
Gngnh
...
SCHMAUCH
Gnn
...
RUPP

WAMM
KULLER
PLATSCH
Hah...
Hah...
VRUSH
...
Au...
STING

Fhhh...
Fhhh...
RASCHEL
RASCHEL
Uaaaaaaaaa...

Die Insekten legen dort ihre Eier...
GLUCK GLUCK GLUCK
GLUCK GLUCK GLUCK GLUCK
!
... aus denen Larven schlüpfen, die sich ins Fleisch bohren und es verschlingen.
...

WOOSH
WOOSH
ZITTER
ZITTER
Uwaaaaaaaaaah!

Aaaaa...
RÜTTEL
RÜTTEL
Ngaaaaa...
Fhfh-fh...
Ha! Ha! Ha! Ha! Ha!
WWWTTT

Ha!
Ha!
Ha!
Ha!
BASH

Was machst du da...
... mit meinem Eiji?!
Aaaaaaaaaaaaah!
GAZONG
BONK

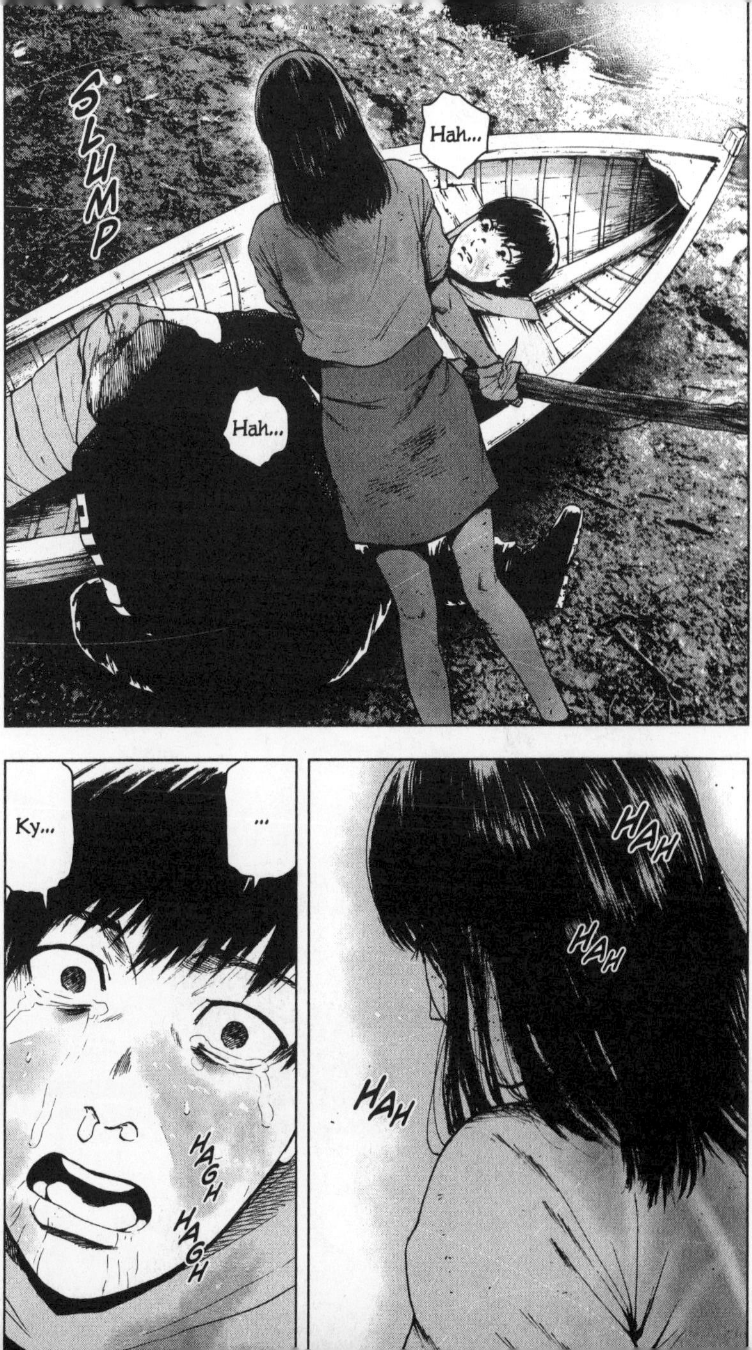
SLUMP
Hah...
Hah...
...
Ky...
HAH
HAH
HAH
HAGH
HAGH

TAUMEL TAUMEL
FLUMP
Wi...
Wie... sooo...
Ky... Kyo- ka...
Kyoka ...?
Wi... Wieso bist du hier?!
Lass mich liegen und flieh, so schnell du kannst!

HAH
Kyoka?!
FETZ
Lass das und hau ab, mach schon!
FETZ
FETZ
FETZ

Kyo...
Aaaaaaaah...

Tu... Tut mir leid...
... Kyo-ka...
... dass du wegen mir so etwas Schreckliches durchmachen musstest...
Tut mir wirklich leid...
ZUCK

21. Kapitel

Wa...
Wach jetzt bloß nicht auf...
Eiji... ist der Kerl tot?
Nein... ich glaube, er atmet noch...
Aber ich denke, er ist fürs Erste außer Gefecht.
Okay!

VRM
VRM
Also los...
VRM
VRM
Aber wieso fahre ich eigentlich?
KLAMMER
Weil ich keinen Führerschein habe...
Und ich habe einen, den ich nie benutze.
Sorry ...
Ähm...
Das hier... muss so...
Kyoka!
Was ist mit deiner Hand?
Ist das vorhin bei der Flucht passiert?

Ah... ... das hier?
Nur ein Kratzer, keine Sorge!
Ent-schuldige...
Ich wollte dich retten, stattdessen musstest du mich retten...
... und hast dich dabei auch noch verletzt...
Ich bin so erbärmlich.
Was zur Hölle tue ich hier eigentlich?

PLASH
Was ist denn, Eiji?
A... Ach, ich dachte...
... ich hätte was gehört...
War wohl nur Einbildung.

Baah!
SGRRRR
Uaaaaaaaaaaaaa!
HSR

FO
MM
PSHUUUU
ZSCHHHH
PSHUUUU

PSHUUUU
PSHUUUU
Kyo...

CRASH
SVUSH

FLOPP
WRGH
Kah...
STRAMPEL
STRAMPEL
Dah...

Fünf Minuten.
Das ist die Lebenszeit, die dir bleibt.

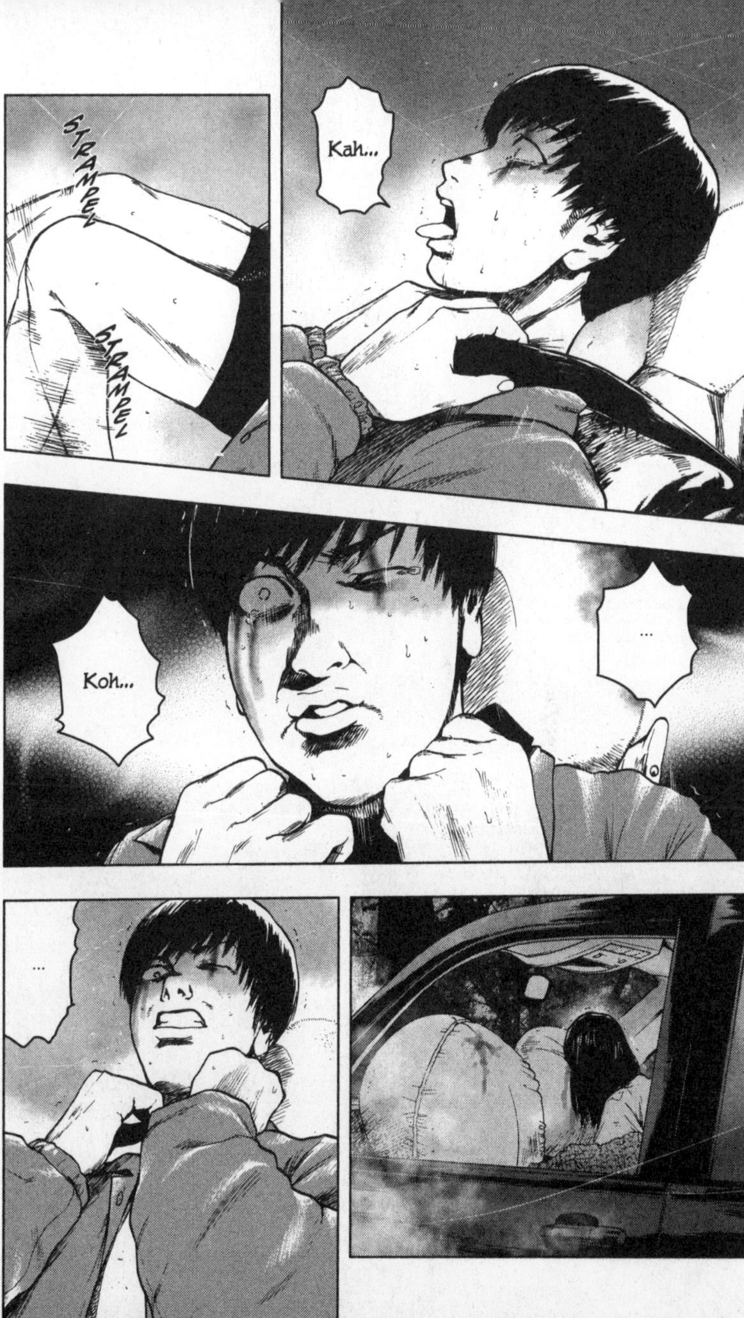
Kah...
STRAMPEL
STRAMPEL
...
Koh...
...

E...
Eiji...
Kyo...
Kyoka...

STRAMPEL
STRAMPEL
FLUMP
ZU
RR
BAUMEL

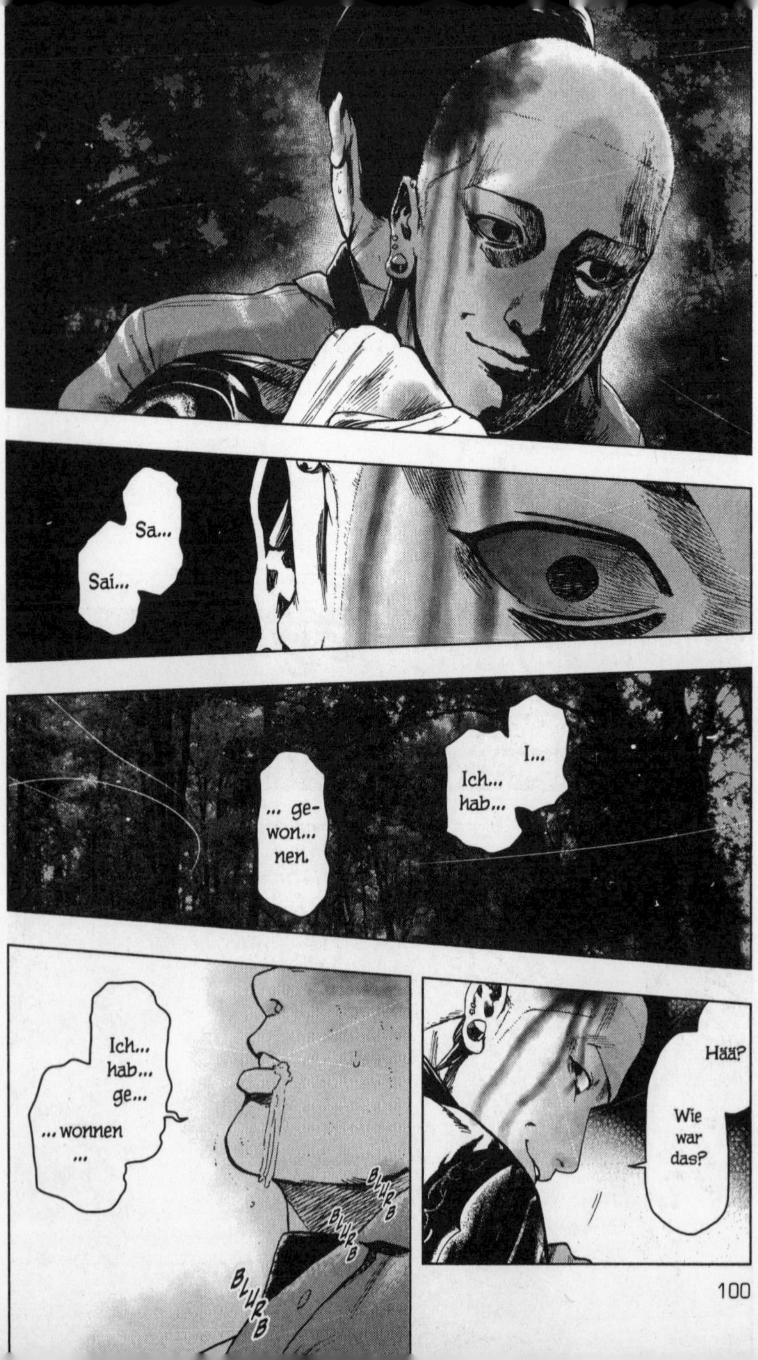
Sa... Sai...
I... Ich... hab...
... ge- won... nen.
Hää? Wie war das?
Ich... hab... ge... ... wonnen ...
BLURB
BLURB
BLURB

Ha! Das sind deine »letzten Worte«?
Hast du nix Besseres auf Lager?
TÜ
TA
TATÜ
TATA

VRUSH
FUMP
Koff ... Koff ...
TATÜ
TATÜ
TATA
TATA
Die Polizei...
... ist hier?!

Woher...
... wissen die, wo wir sind?!
Hi! Hihi-hi...
Ha! Ha! Ha! Ha!

Sind das deine letzten Worte...
TATÜ
... Sai?
TATA
TATÜ
TATA

TATÜ
Wie zum Teufel kann das sein?!
Wieso ist die Polizei hier?!
TATA
TATÜ
22. Kapitel
He!
He!
He!
SLU
PP
Ganz einfach.
SLUP
PLUSH
PLUSH
Ngh... nngaaaah...
PP
SLO

Weil ich außer der Tracking-App...
... noch einen GPS-Sender in die Wunde in meinem Arm gesteckt hatte.
Ich wollte von Anfang an nur Zeit schinden.
Zeit, damit mein Komplize die Polizei informieren...
... und die uns anhand meines GPS-Signals finden kann.

Bingo!
Ich dachte mir schon, dass du so was abziehst.
Deshalb habe ich die ganze Zeit…
Aber eine Tracking-App, echt jetzt? Ein bisschen sehr simpel, oder?
Also, mach du doch, was du willst! Nur zu, wende Gewalt an!
Aber dann…
… werden du und SKALL gemeinsam mit uns untergehen!!
… den hoffnungslosen Idioten gespielt.
Mannomann… bist du eine Enttäuschung.
Als ich dich zum ersten Mal traf, hatte ich das überwältigende Gefühl, dass L.L. in dir weiterlebt.
Du bist vielleicht der Sohn des legendären Serienkillers…
… aber als sein »Nachfolger« bist du hoffnungslos.
Schlimmer noch, du bist ein Schandfleck für meinen L.L.
Uwaaaaaaaa
Aaaaaaa
Damit du deine übliche Vorsicht aufgibst und nachlässig wirst.
Was es wiederum einfacher machen würde, auf Zeit zu spielen.
Na ja…
… im Grunde stimmt es ja. Was ich auch anpacke, geht schief…
Ich bin nicht stolz darauf, aber ich habe noch nie in meinem Leben wirklich etwas erreicht.
Das Einzige, was ich kann, ist…
… Leute wie dich…
… glauben zu machen, dass ich hoffnungslos verblödet bin.

Aber
wer hätte
gedacht...
ZUCK ZUCK

... dass ein hoffnungslos verblödeter Kerl zu sein sich als so nützlich erweisen würde, um dich zu überlisten...

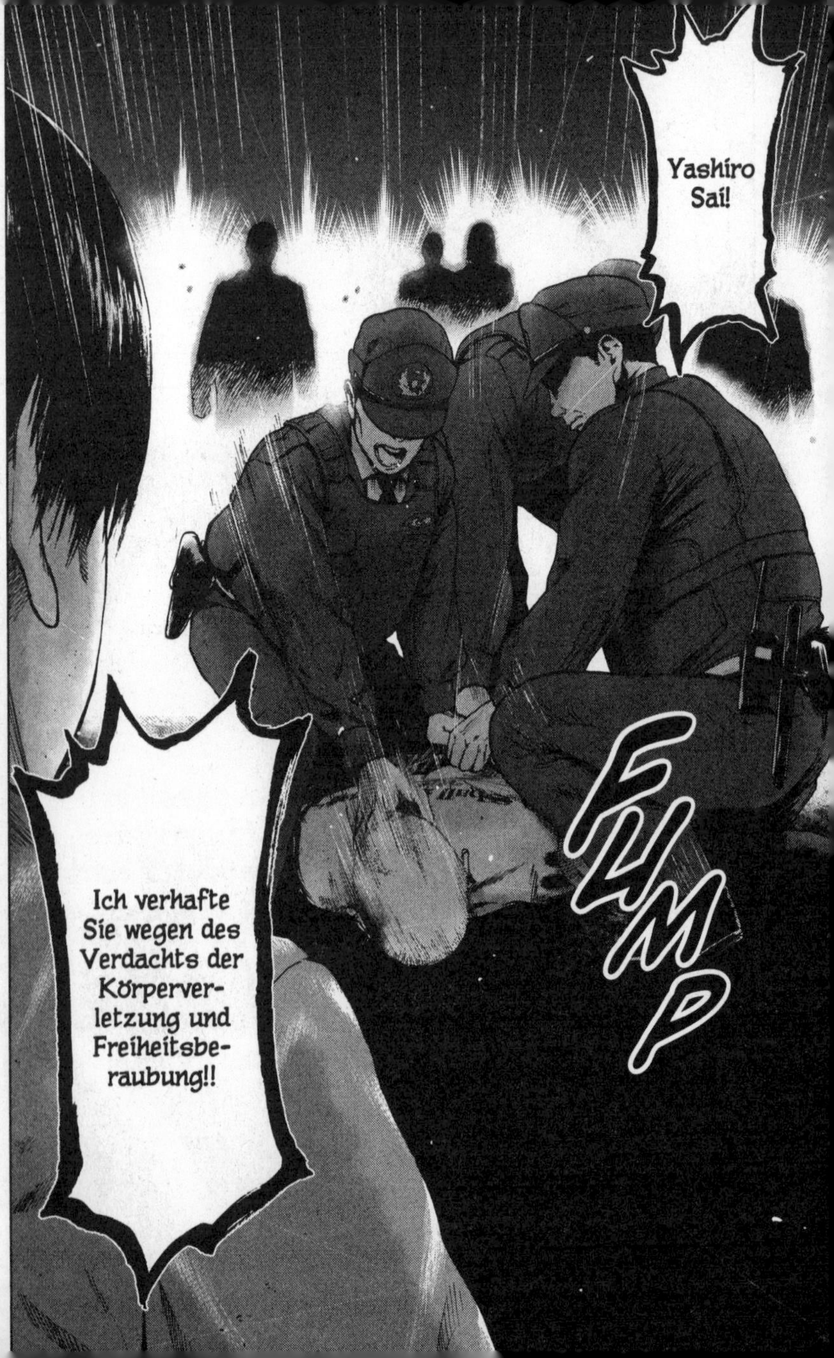
Yashiro Sai!
Ich verhafte Sie wegen des Verdachts der Körperverletzung und Freiheitsberaubung!!
FUMP

...?!
Dazu...
... kommt ein Haftbefehl gegen Sie wegen der Entführung und Gefangennahme von Yoko Hatanaka.
!

Tja, wie's scheint, haben wir diesmal Gelegenheit, uns noch besser kennenzulernen!
Alles okay mit dir?
Mi... Mir geht es gut. Kümmern Sie sich erst mal um meine Freundin!
Okay!
Eiji!

EIJI!
DARF ICH DIR WAS VORSCHLA-GEN?
NIMM NEBEN DER TRACKING-APP LIEBER EINEN WEITEREN GPS-SENDER MIT!

Noch einen GPS-Sender?
Du meinst... zur Sicherheit...
... falls mein Handy geklaut oder zerstört wird?
JE GRÜNDLICHER DU VORBEREITET BIST, UMSO BESSER.
ABER WIE SOLL ICH DENN AN SO EINEN SENDER RANKOMMEN?
Dank unserer Überwachungsgesellschaft ...
... kriegt man kleine GPS-Sender mittlerweile in jedem größeren Elektromarkt.
ビックカメラ
BIG CAMERA

HAST DU DEN SENDER?
Ja.
Ich synchronisiere ihn gerade mit Shirabishis Handy.
Jetzt muss ich den GPS-Sender nur noch irgendwo verstecken.
Aber wo?
Damit müsstet ihr das Signal eigentlich verfolgen können.
IRGENDWO, WO ER SCHWER ZU FINDEN IST...
... BZW. WO DER ANDERE NICHT SO OHNE WEITERES DANACH SUCHT...
Also im Arschloch.
Das ist ein Witz, oder?
SOLANGE YASHIRO SAI NICHT GERADE EINE VORLIEBE FÜR SO WAS HAT, IST DAS EIN ZIEMLICH SICHERES VERSTECK, WÜRDE ICH SAGEN.
...
Aber darauf musst du dich wahrscheinlich erst mal vorbereiten...

Die innerliche Vorbereitung, die es braucht, um sich ein Loch in den Arm zu bohren, muss um einiges größer gewesen sein.
Na ja...
... für deine Verhältnisse hast du dich jedenfalls gut geschlagen.

Hey, Eiji.
Deiner Familie geht es auch gut.
Gott sei Dank.
Tut mir leid, dass es so lange gedauert hat, euch zu finden.
Der Antrag auf einen Haftbefehl war im Nu gestellt, da die Fotos als Beweise anerkannt wurden.
Aber die Formalitäten, bis er ausgestellt war, haben viel Zeit gekostet ...
Nicht doch...
Sie waren ja rechtzeitig da...
Übrigens...
Es gibt da ein paar Dinge, die uns auch nicht gut dastehen lassen, wenn sie herauskommen.
In meiner Aussage konnte ich zwar alles, was nicht unmittelbar den Mord anging, umgehen...

Aber aufgrund... deiner Gedächtnislücken bist du dir ja selbst nicht sicher, welche Rolle du in dem Ganzen spielst.
Und wenn die Polizei bei der Befragung Widersprüche zwischen deiner und meiner Aussage entdeckt, haben wir ein Problem.
Meinst du, du schaffst das?
Was meine Erinnerungslücken angeht, habe ich vor, ihnen ehrlich zu sagen, wie es ist.
Denn wenn ich es beschönige, wirft das nur neue Fragen auf.
Verstehe.
Ja, das ist wohl das Beste.
Keine Sorge.
Ich verspreche Ihnen, der Polizei nichts zu erzählen, das Sie in Verlegenheit bringen könnte.
Da... Darum ging es mir doch gar nicht...
Vorausgesetzt...
... ich habe bis dahin nicht wieder einen Persönlichkeitswechsel...

Richtig.
Die Sache ist ja damit nicht vorbei.
Eiji...
Ich habe noch ein weiteres großes Problem, dem ich mich stellen muss.
Kyoka!

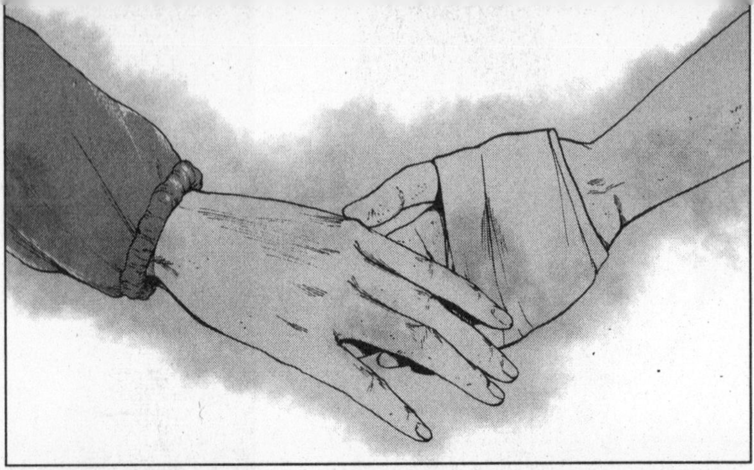

DRÜCK

Ähm
...
Könnten wir beide kurz allein reden?

Eiji...
Reden worüber ...?
...
Ich habe die ganze Zeit versucht, es zu verdrängen...
Kyoka...
Ich...
Aber...

Es gibt da etwas, das ich dir sagen muss...
Etwas, das du mir sagen musst?
... ich will nicht mehr davor weg-laufen...
...

Deshalb mache ich einen Schritt nach vorn...
Ich bin nicht der...
... in den du dich verliebt hast.

23. Kapitel

Du hast ihr alles erzählt, nicht wahr?
...
Und was hat sie gesagt?
Sie meinte, sie bräuchte Zeit, um darüber nachzudenken.

Ist ja auch verständlich...
Ich meine, »Ich habe eine gespaltene Persönlichkeit«... oder...
... »Ich bin nicht der, in den du dich verliebt hast« hört man schließlich nicht alle Tage.
Wenn einem aus heiterem Himmel so etwas gesagt wird, ist man natürlich durcheinander...
... bzw. weiß nicht mehr, was man glauben kann und was nicht...
Was die Dinge noch ein wenig verkompliziert...
... ist die Tatsache, dass B1 im Alltag Eiji Urashima gespielt hat.
B1 hat... was?

Ich hielt das bisher nicht für erwähnenswert...
... aber B1 hat im Alltag so getan, als wäre er du.
E... Er hat...
... so getan, als wäre er ich?
Ja, hier kannst du es mit eigenen Augen sehen.
Dieses Video habe ich vor einer Woche heimlich aufgenommen.
Und es zeigt nicht »dich«, sondern »B1«.
...?!
Was zum...

Der B1 im Video...
... kommt ja haargenau so rüber wie ich!!
Ja, und zwar nicht nur äußerlich.
Er hat auch deine Art, zu lachen und zu sprechen, bis ins Detail kopiert.
Das heißt, es fällt wahrscheinlich gar keinem auf, wenn du die Persönlichkeit wechselst.
Ansonsten ist alles beim Alten. Der tägliche Trott unseres öden Studentendaseins halt.
Nein, ich glaube, da war nichts.
Du hast wieder ein »Gut«.
Aber ...
... wie hat er es geschafft, so perfekt zu sein?
B1 hat dich die ganze Zeit überwacht und studiert.
Über versteckte Kameras und Wanzen, die er in deiner Wohnung installiert hatte.
!

Keine Sorge.
Als ich neulich bei dir eingebrochen bin, habe ich sie entfernt.
Aber dem Zustand der Geräte nach zu schließen...
... beobachtet B1 dich schon seit einigen Jahren.
Se... Seit einigen Jahren?!
So lange? Aber wozu?
Vermutlich wollte B1, dass deine Umgebung möglichst nichts von seiner Existenz erfährt.
Dazu musste er dich studieren, um dich perfekt nachzuahmen.
Außerdem war das seine Art des Risikomanagements, weil er sich wahrscheinlich auch nicht an die Zeit erinnert, in der seine Persönlichkeit unterdrückt ist.
...

Aber für Kyoka Yukimura sehen...
... der Eiji Urashima, in den sie sich verliebt hat...
... und der, der gera-de vor ihr steht...
... dadurch wie ein und dieselbe Person aus.
Zu der Nachricht, dass du eine gespaltene Persönlich-keit hast...
... kommt also noch die Einsicht, dass sie Eiji und B1 nicht auseinan-derhalten kann...
... was sie zusätzlich verwirren dürfte.
...

Ich habe mich entschieden und bin auf alles gefasst...
Jetzt nur nicht ins Wanken geraten!
Egal welche Antwort Kyoka mir gibt, ich werde sie akzeptieren.
Mehr kann ich nicht tun.
BUBUMB
Eiji...

Kann ich dir noch ein paar Fragen stellen?

Die andere Persönlichkeit in dir...
... dieser »B1«, richtig?
In welcher Beziehung stand er eigentlich zu Yoko Hatanaka?
...
Das weiß ich nicht so genau.
Ich habe gehört, dass sie ein Paar waren...
... aber ich habe es von keinem der beiden direkt erfahren.
Ich weiß nur, dass B1... offenbar eine Menge auf sich genommen hat, um sie zu retten.

Ist B1 denn gefährlich?
Er hat schon, lange bevor ich ihn bemerkt habe, existiert...
... deshalb habe ich ihn anfangs für ziemlich gefährlich gehalten.
Aber jetzt, wo ich weiß, dass er nicht der Täter war...
... habe ich das Gefühl, er ist vielleicht kein übler Kerl.

Allerdings...
... macht er, aus welchem Grund auch immer, ziemlich gefährliche Sachen.
Ein ganz normaler Typ ist er also auch nicht.
Glaubst du...
... B1 ist in mich verliebt?
Sorry ...
Das weiß ich leider nicht.

Okay, letzte Frage.
Ist der Eiji, der gerade neben mir sitzt, in mich verliebt?

Für mich gibt es nichts Wichtigeres als dich.
Aha.
...
Okay... Ich habe mich entschie-den.

Aber eine Antwort kann ich dir noch nicht geben!
Hä?
Ich meine, weder du noch ich...
... wissen auch nur annähernd, wer B1 eigentlich ist.
Und wenn ich jemanden überhaupt nicht kenne...
...
... kann ich doch nicht entscheiden, wie es mit ihm weitergehen soll!

Also wie wär's, wenn wir versuchen...
... B1 ein bisschen besser kennenzulernen!
B1 besser kennen... ... lernen ...?
Du hast doch keine Erinnerungen an die Zeit, in der seine Persönlichkeit dominiert, richtig?
Also werde ich B1 in diesen Phasen ein wenig auf den Zahn fühlen...
... und dir dann berichten, was ich über ihn herausgefunden habe.
Was hältst du davon?

Wir nennen es »Operation B1 und wie er wirklich ist«!
Nicht gut?
Doch... schon, aber ich...
... mache mir Sorgen um dich...
Denn wie ich schon sagte, bin ich nicht sicher, ob B1 nicht doch gefährlich ist...
Wenn ich merke, dass er es ist, höre ich natürlich sofort mit den Nachforschungen auf.
Na ja... trotzdem...
WANK
FLUMP
Eiji?
A... Alles okay.
Ich bin nur etwas müde...

Du musst dich schonen.
Lehn dich ruhig an meine Schulter.
Ich wollte alles so akzeptieren, wie es kommt...
Und wenn... du Zeit brauchst, um mir zu antworten...
... dann warte ich solange...
Das mit B1 liegt mir zwar auf der Seele, aber...
... zumindest ist dieser Fall jetzt gelöst...
Was ich tun konnte...
... habe ich getan.

THE KILLER INSIDE

Du warst sooo cool, Eiji!
Lass' dich umarmen!
Wovon er wohl träumt?

24. Kapitel

WUOPP
Ich bin in meiner Wohnung...?
...!!
WOOSH

MTTdocoDE
07:01
07:01
MONTAG, 14. NOVEMBER
Wieder ein Zeit-sprung...
Fünf Tage...
... hat der Persönlich-keitswechsel gedauert.
NOVEMBER
14.11.
MONTAG

IM FALL DER ENTFÜHRUNG UND GEFANGENNAHME DER STUDENTIN YOKO HATANAKA…
… IN DEM YASHIRO SAI, DER VERMUTLICHE ANFÜHRER EINER KRIMINELLEN GANG, ALS VERDÄCHTIGER FESTGENOMMEN WURDE…
… GAB DIE POLIZEI DER PRÄFEKTUR S. AM 10. BEKANNT…
… DASS YASHIRO SAI WEGEN DES VERDACHTS DER ERMORDUNG VON YOKO HATANAKA ERNEUT VERHAFTET WURDE.
NEWS
MAN GEHT DAVON AUS, DASS ES SICH BEI DEM FALL UM EINE NACHAHMUNGSTAT DER ALS »LL-FALL« BEKANNT GEWORDENEN SERIENMORDE VON VOR 15 JAHREN HANDELT.
WEITER HIESS ES, DASS DIE PRÄFEKTURPOLIZEI VON S. DERZEIT DIE MOTIVE DES VERDÄCHTIGEN SOWIE DIE GENAUEN UMSTÄNDE DES MORDES UNTERSUCHE.
NACHAHMUNGSTÄTER DES LL-FALLS VERHAFTET
Sai wurde also auch wegen Mordes verhaftet.
Wie es scheint, ist der Fall auf dem besten Wege, gelöst zu werden.
NEWS
UND AUCH IN DEM IM LAUFE DER MORDERMITTLUNGEN AUFGEDECKTEN…

... PROSTITUTIONSFALL GIBT ES NEUIGKEITEN.
ZUCK
WIE ES SCHEINT, SIND YASHIRO SAI...
... UND DIE KRIMINELLE GANG SKALL, DER ER ANGEHÖRT, AUCH IN DIESEN FALL MASSGEBLICH VERWICKELT.
NEWS
DIE PRÄFEKTURPOLIZEI VON S. GAB BEKANNT, IN DIESEM ZUSAMMENHANG MEHR ALS 20 PERSONEN VERHAFTET ZU HABEN.
MEHR ALS 20 MITGLIEDER VON SKALL VERHAFTET
PROSTITUTIONSRING AUFGEDECKT
OFFENBAR WAREN EINIGE DER KUNDEN EINFLUSSREICHE PERSONEN AUS POLITIK UND WIRTSCHAFT...
... UND MAN VERMUTET, DASS DIE BEWEISFOTOS, DIE DER POLIZEI ZUGESPIELT WURDEN, AUSLÖSER FÜR DIESEN GROSSEN FANG WAREN.
Fotos?!
Mach damit, was du willst.
SST
Apropos, wo ist die Speicherkarte?

Sie ist weg...?!
O... Oh nein!
Hat B1 die etwa...?

Gott sei Dank, Vater! Also geht es euch allen gut und es gab keine Zwischenfälle mehr.
Tut mir wirklich leid... was ihr wegen mir alles durchmachen...
Hä? »Ich« habe mich schon genug entschuldigt?
Und die Polizei hat euch alles über den Fall erzählt?
...
!

Hey...
Kashi-wagi!
Hoooi, haha...
Ist alles okay mit dir?

Also dann, bis später, Kyoka!

...!
Eiji...
Bist du es?
BUBUMB

Bitte verzeih mir...
WOOSH
...Eiji!!
...
BUMB
Hä?
Verzeihen ...?
BUMB
BUMB
BUMB
BUMB

Ich habe so gut wie nichts über B1 herausgefunden.
Tut mir echt leid!!
Dabei war es doch meine Idee, B1 während der Persönlichkeitswechsel...
... auf den Zahn zu fühlen und dir davon zu berichten...
Ach ja, aber ich habe es geschafft, mit B1 zu sprechen!
!
Mit B1...?
NICK

Ehrlich gesagt ...
... war das ein ziemlicher Schock.
Tief im Inneren dachte ich wohl, ich würde B1 kennen...
... aber als er aufhörte, den Eiji zu spielen, den ich kenne, war er wie ein anderer Mensch.
Allein die Erinnerung daran lässt mich erschaudern.
In dem Moment, in dem ich ihm erzählte, dass ich alles über den Fall und eure gespaltene Persönlichkeit weiß...
... änderte sich seine Miene, als hätte jemand einen Schalter umgelegt...

... und vor mir stand ein »Eiji Urashima«, den ich überhaupt nicht kannte.
Trotzdem dachte ich, wenn wir miteinander reden, könnten wir vielleicht wieder zusammenfinden...
... aber er weigerte sich, auch nur darüber zu sprechen, und sagte:

»Misch dich bei mir nicht ein!«
»Dann mische ich mich auch bei dir nicht ein.«
Das war das Einzige, was ich aus B1 herausbekommen habe.
Von da an...
... hat er mir überhaupt nichts mehr von sich erzählt...
Konntest du ihn nach seinen Gefühlen fragen?

Hat er gesagt, was er über dich denkt oder für dich fühlt?
Er sagte nur ganz knapp:
»Halte dich von jetzt an von mir fern!«
Das ist alles, was ich über B1 herausfinden konnte...
Also letztendlich so gut wie gar nichts.

Aber eines weiß ich jetzt sicher.
Der Eiji Urashima, in den ich mich verliebt habe, ist ganz bestimmt nicht er.
Der, in den ich mich verliebt habe, ist im Alltag vielleicht etwas unbeholfen...
... aber wenn es wirklich darauf ankommt, ist er voll da und beschützt mich wie ein echter Mann.
Es ist der liebenswürdige...
... und stets auf mein Wohl bedachte...

... Eiji, der gerade vor mir sitzt.
Das ist mir jetzt klar.
Hä?
Heißt das...
Du meinst ...
...
Wie meinst du das?

Na ja...
... ich dachte eigentlich...
HUMPH
... ich hätte meine Antwort ziemlich deutlich rübergebracht...
Wa...
Kyoka!! Ich...
BONK
...
Gnnnn... Genau auf die offene Wunde...
PHH
Wa ha ha ha ha ha ...

Ja!
So ist er, mein Eiji!
Ehrlich gesagt hätte ich nie gedacht...
... dass sie sich nach allem, was passiert ist, für mich entscheidet.

Ähm...
Na dann, auf dass wir uns weiterhin gut ver-stehen...
Bist du sicher?
Ja, ich bin sicher!
...
Kyoka... darf ich dich noch etwas fragen?
Ja?
Als du vor einiger Zeit mal sagtest: »Diese Worte waren die nettesten, die ich in meinem Leben gehört habe«, was meintest du da?

So was habe ich mal gesagt?
Daran erinnere ich mich gar nicht.
Aber wenn ich es sofort wieder vergessen habe, war es wohl nicht so wichtig.
Duhuuu...
... kann ich heute nach ewigen Zeiten mal wieder bei dir übernachten, Eiji?
GRAB
Autsch!
Auaua... Kyoka, mein Arm! Die Wunde...
Oh... sorry.
Leider kann ich mit der Hand auch nicht Händchen halten...
Uh... tut mir leid...
Tja, wir wurden halt beide ehrenhaft verwundet!
Auf dieser Seite unterhaken ist auch schön.♡

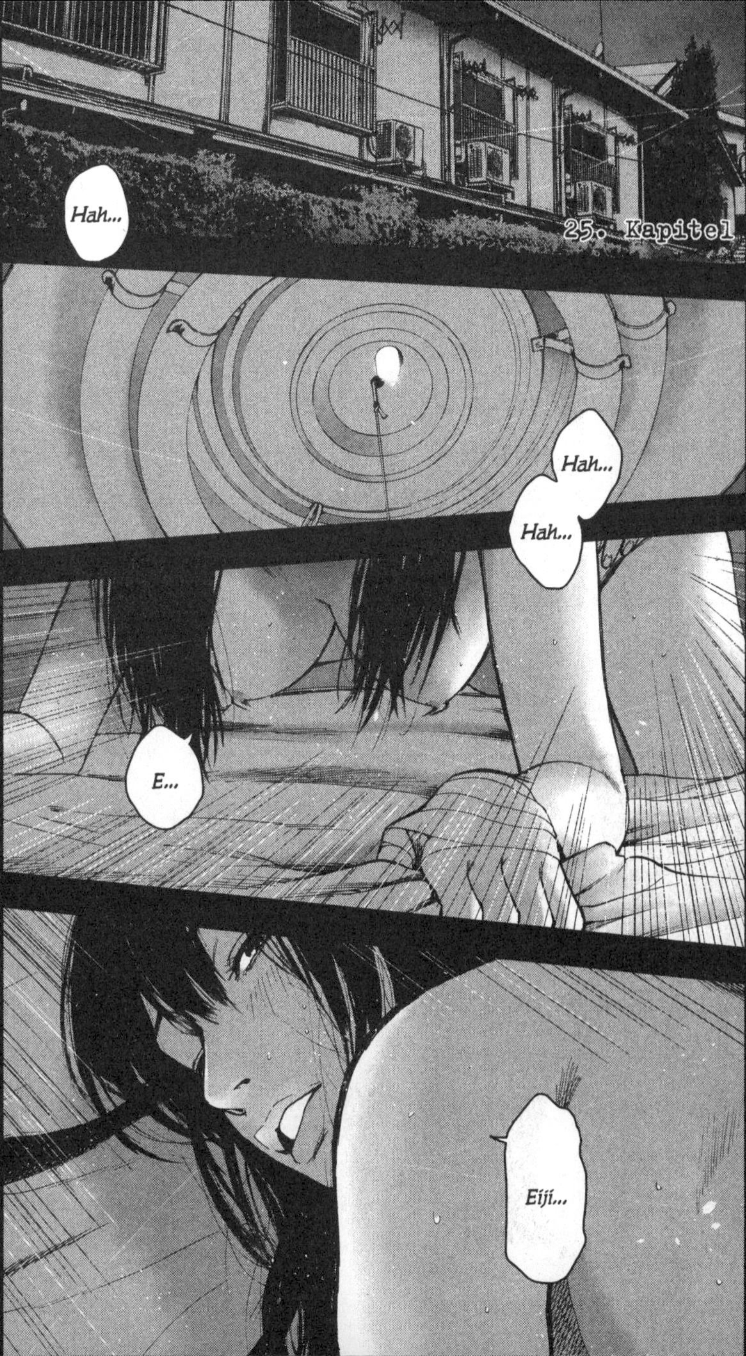
25. Kapitel
Hah...
Hah...
Hah...
E...
Eiji...

NOVEMBER 15.11. DIENSTAG

Wie's scheint, hattest du gestern jede Menge Spaß...
... »Eiji«.
Shi... Shin-myoji?!
Ich konnte dich noch nicht mal so erschrecken wie sonst.
Und auch wenn B1 im Alltag normalerweise den perfekten »Eiji Urashima« gibt...
... diesen dusseligen Gesichtsausdruck könnte wohl selbst er nicht kopieren.
Nein... du irrst dich, das ist...
FUNKEL
Hm?
Was meinst du mit »erschrecken wie sonst«?
Wenn du erschrickst, fasst du dir reflexartig ans Ohrläppchen.

Das ist eine Angewohnheit von dir, die B1 nicht kennt.
Deshalb benutze ich sie immer, um Eiji und B1 zu unterscheiden.
Ach, deshalb hast du mich jedes Mal fast zu Tode erschreckt...
Wah!
BUBUMB
Davon hättest du mir ruhig schon eher erzählen können...
Sag mir lieber...
... ob es in den fünf Tagen deines Persönlichkeitswechsels irgendwelche Fortschritte gab.

Ver-
stehe.
B1 hat
also mit
Abweisung
reagiert.
Der Fall
selbst ist
zwar so
gut wie
gelöst...
... aber wie
es aussieht,
hast du noch
eine Menge
Probleme.
Und was
hast du
eigentlich
die letzten
fünf Tage
getrieben?
Ich bin davon
ausgegangen,
dass du B1 wie
immer stalkst
und für mich
ein paar Dinge
über ihn he-
rausfindest...
Ich habe
auch noch
andere Din-
ge zu tun,
als mich
um dich zu
kümmern.

Außerdem...
... hast du doch jetzt eine viel vertrauenswürdigere Partnerin an deiner Seite.
Was denn... Schmollst du etwa?
...
Eiji...
Hast du vor, dieses Doppelleben mit B1 immer weiterzuführen?
Das könnte vielleicht etwas unangenehm für dich werden...
... aber vielleicht ist es an der Zeit...

... dich »deiner Vergangenheit« zu stellen und herauszufinden, wann... wo... und warum B1 entstanden ist.

Mich meiner Vergangenheit stellen...
Okay...
DISSOZIATIVE IDENTITÄTSSTÖRUNG KLINIKEN
Hmmm...
Wie's scheint, gibt es nicht viele Kliniken, die dissoziative Identitätsstörungen behandeln...
INNERE MEDIZIN – KLINIKEN
N PSYCHIATRISCHE KLINIK
HOME
BLOG
LEIDEN
NKHEITEN
RUNGEN
Und die nächstgelegene ist...
WIR BEHANDELN FOLGENDE KRANKHEITEN:
DEPRESSIONEN
PANIKATTACKEN
SOZIALE ANGSTSTÖRUNGEN
ZWANGSSTÖRUNGEN
ESSSTÖRUNGEN
ATAXIEN DES VEGETATIVEN NERVENSYSTEMS
DISSOZIATIVE IDENTITÄTS-STÖRUNGEN
DISSOZIATIVE IDENTITÄTSSTÖRUNGEN

Was machst du denn da?
GREEN TEA
500ml
FLUPP
Hä?
Ah...
Kyoka?!
Uiuiui, was ist das denn für eine panische Reaktion?
Du siehst dir wohl gerade versaute Filmchen an, was?
Nicht doch ...
Das ist...
Tu... Tut mir leid.
Das brauchst du doch nicht vor mir zu verstecken.
Nur: Musst du dir so was ausgerechnet in der Mensa ansehen?
WAWOOSH
Haah, sorry, aber ich glaube, ich geh lieber allein nach Hause.
Kyo...Kyoka! Warte! Ich sag doch, es tut mir leid...

* heiße Quelle bzw. ein Kurort mit heißen Quellen

Super Idee! Das hört sich toll an!
Oder?
GLEE
Leckeres Essen, schöne Landschaften...
Aber ich kann nicht Auto fahren...
Dann mach deinen Führerschein!
Okay, ich suche mir einen Job und spare!
Genau!
Ich habe mich ja noch nicht mal entschieden, da hinzugehen.

NOVEMBER

16.11. MITTWOCH

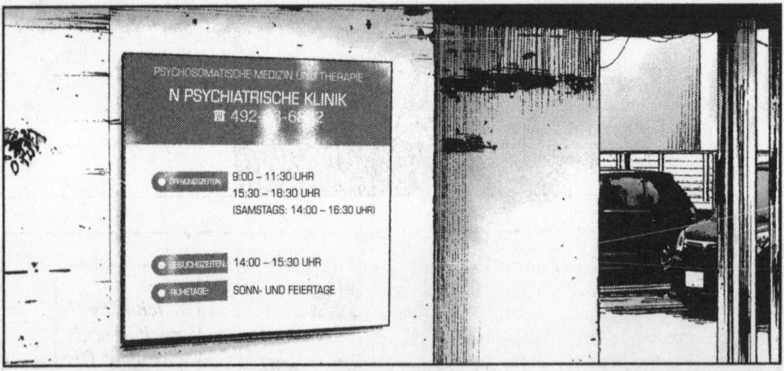

Noch...
... habe ich mich nicht entschieden, eine Therapie zu machen.
Ich habe mich ja noch gar nicht für eine Therapie entschie-den...
Ähm, ich bin zum ers-ten Mal hier...
... und habe auch keinen Termin...

Aaah...
Herr Eiji Urashima, nicht wahr?
Haben Sie heute eine Untersuchung?
Hä?
Haben Sie Ihre Versichertenkarte dabei? Falls nicht, füllen Sie das bitte aus.
Si... Sie... kennen mich schon?

Ja.
Sie waren doch neulich erst hier.
Wa...
Wa...Was um alles in der...
Heißt das etwa...
... B1...
B1 war schon vor mir in dieser Klinik?

Aber...
... was wollte er hier?
Hallo.
So sieht man sich wieder.
KRZZ
KRZZ
KRZZ
KRZZ

TUSCHEL
TUSCHEL
Ähm... sorry, aber...
Könnte ich noch mal 'ne Zigarette von dir schnorren?
Eine Ziga-rette?
Der Mann ist B1 also auch schon begegnet...
Tut mir leid.
Heute habe ich keine dabei...
Zu schade.
Na schön ...
Dann rauche ich eine von meinen.
...

Haaah ...
Da kehren die Lebens-geister zurück...
GENERELLES RAUCHVERBOT
IN DIESER KLINIK HERRSCHT EIN
Ach, übri-gens...

Ist deine Begleiterin heute nicht dabei?
!
Meine... Begleiterin?
Ja, äääähm ...
Wie hieß sie noch mal?
B1 war gar nicht allein hier...?
Das wird ja immer wilder...

Ach ja, genau...
Kyoka... stimmt's?

THE KILLER INSIDE

BAND 3 - ENDE

Weiter geht's in Band 4!

BONUS

Menschen hautnah: Eine Woche im Leben eines Manga-Storytellers

Als Manga-Storytelling bezeichnet man die Arbeit, sich Geschichten für Manga auszudenken.

Der Begriff »Storytelling« ist den meisten von euch wahrscheinlich schon häufiger untergekommen, aber was genau so ein Manga-Storyteller macht, wissen wohl die wenigsten. Und für die schreibe ich hier auf, wie mein Arbeitsablauf aussieht.

Von Inoryu

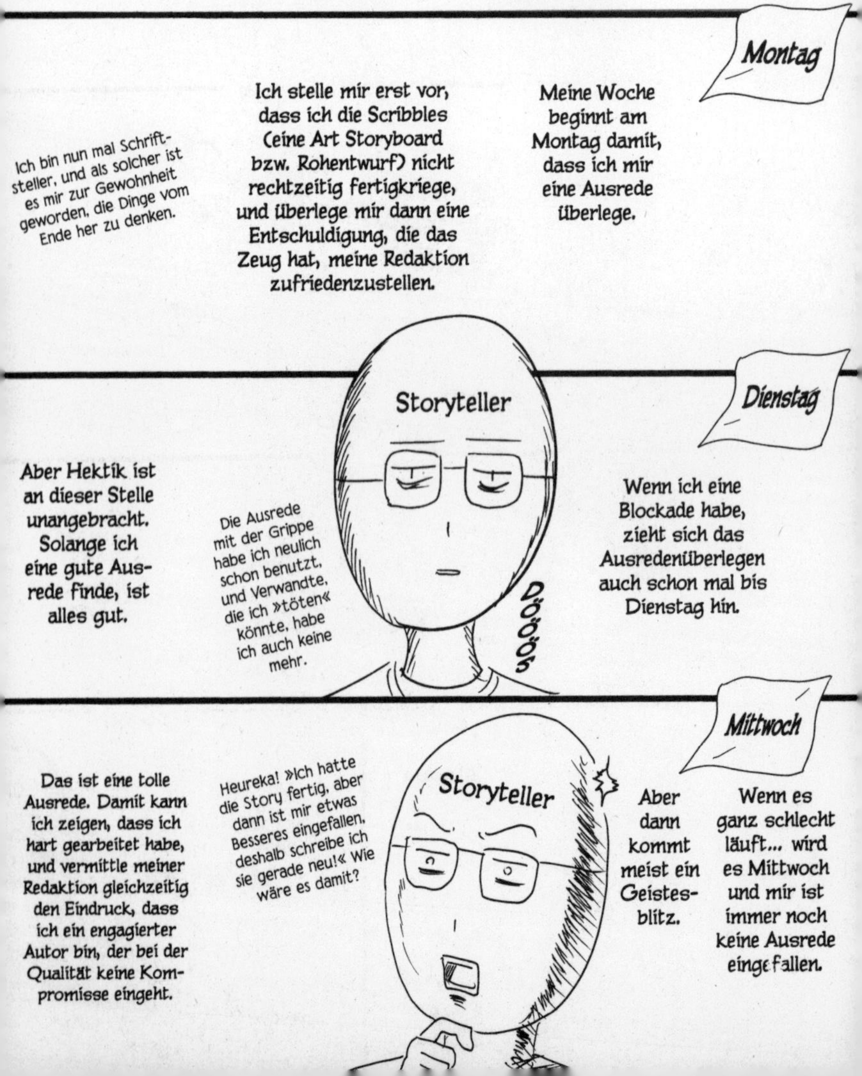

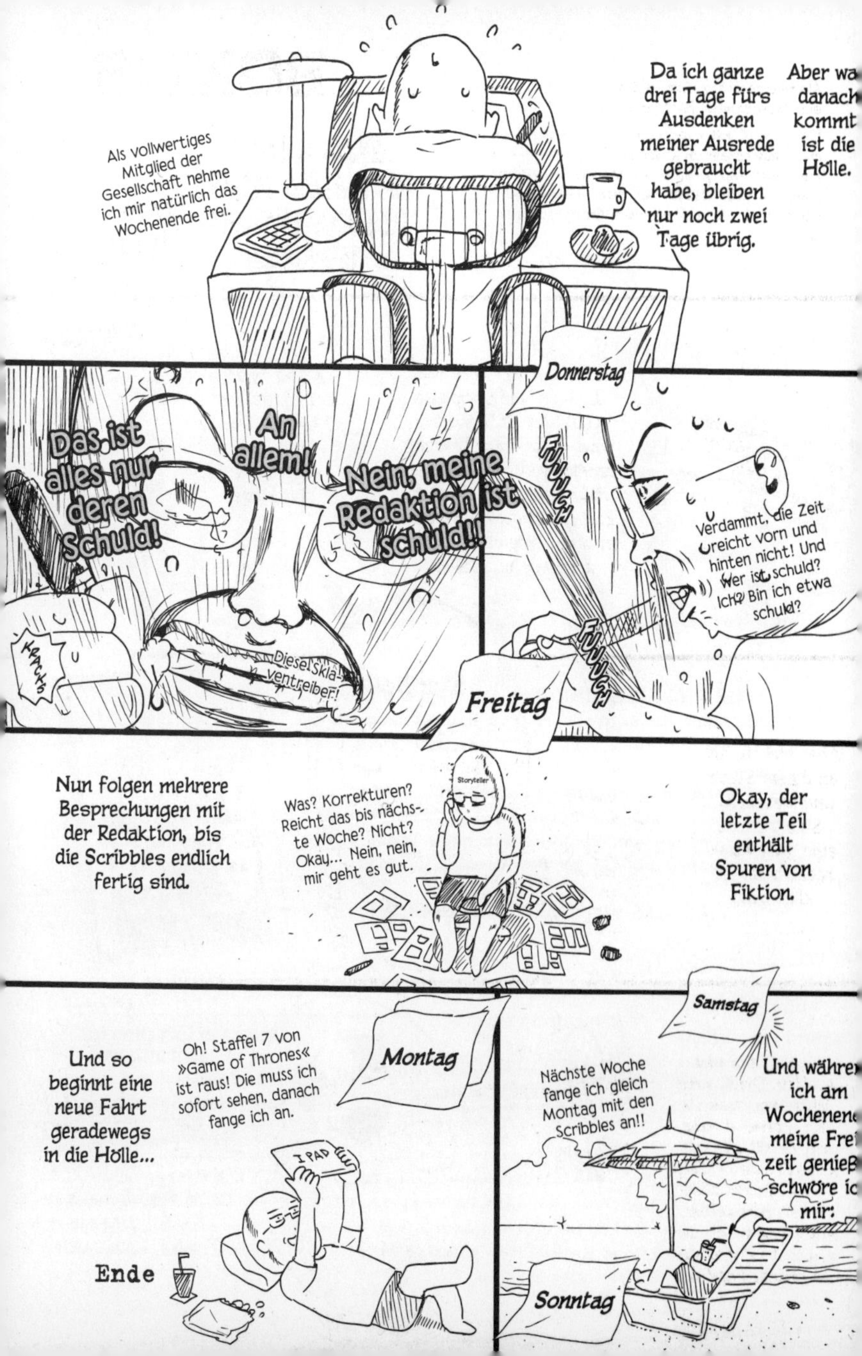
Als vollwertiges Mitglied der Gesellschaft nehme ich mir natürlich das Wochenende frei.
Da ich ganze drei Tage fürs Ausdenken meiner Ausrede gebraucht habe, bleiben nur noch zwei Tage übrig.
Aber wa danach kommt ist die Hölle.
Donnerstag
Das ist alles nur deren Schuld!
An allem!
Nein, meine Redaktion ist schuld!!
Diese Sklaventreiber!
KRACKS
FUUUSH
Verdammt, die Zeit reicht vorn und hinten nicht! Und wer ist schuld? Ich? Bin ich etwa schuld?
FUUUSH
Freitag
Nun folgen mehrere Besprechungen mit der Redaktion, bis die Scribbles endlich fertig sind.
Storyteller
Was? Korrekturen? Reicht das bis nächste Woche? Nicht? Okay… Nein, nein, mir geht es gut.
Okay, der letzte Teil enthält Spuren von Fiktion.
Samstag
Und währe ich am Wochenen meine Frei zeit genieß schwöre ic mir:
Nächste Woche fange ich gleich Montag mit den Scribbles an!!
Sonntag
Montag
Oh! Staffel 7 von »Game of Thrones« ist raus! Die muss ich sofort sehen, danach fange ich an.
I PAD
Und so beginnt eine neue Fahrt geradewegs in die Hölle…
Ende

HALT!

THE KILLER INSIDE ist ein japanischer Comic, und in Japan wird von hinten nach vorn und von rechts nach links gelesen. Man muss diesen Manga also hinten aufschlagen und Seite für Seite nach vorn weiterblättern. Auch die Bilder auf jeder Seite und die Sprechblasen innerhalb der Bilder werden von rechts oben nach links unten gelesen, so wie in der Grafik gezeigt.

Viel Spaß mit **THE KILLER INSIDE**!

MIX
Papier aus verantwortungsvollen Quellen
FSC www.fsc.org
FSC® C083411

Unser Versprechen für mehr Nachhaltigkeit
- Klimaneutrales Produkt
- Papiere aus nachhaltigen und kontrollierten Quellen
- Hergestellt in Europa

CARLSEN MANGA
Deutsche Ausgabe/German Edition • Carlsen Verlag GmbH • Hamburg 2021
Aus dem Japanischen von Claudia Peter • SHIN'AI NARU BOKU E SATSUIWO KOMETE • First published in Japan in 2019 by Kodansha Ltd., Tokyo • Publication rights for this German edition arranged through Kodansha Ltd. • Redaktion: Philipp Nakata • Herstellung: Björn Liebchen • • ISBN: 978-3-551-71948-5